Bibliografische Information der Deutschen Nationalbibliothek: Die Deutsche Nationalbibliothek verzeichnet
diese Publikation in der Deutschen Nationalbibliografie;
detaillierte bibliografische Daten sind im Internet über
dnb.dnb.de abrufbar.

ISBN 9783746036748

© 2017 Daniela Sibylle Schaffer

Herstellung und Verlag: BoD - Books on Demand, Norders-
tedt

Daniela Sibylle Schaffer

- Jakob -
- Tscharlie -

Roman

Eckig laenglich war das Messer, es hatte eine Einbuchtung die rund an einer Ecke war. Dieses ritzte ein, in die Fingerkuppe die gedrueckt wurde, dann gestochen.

Mit einer Glasroehre die die Frau im weisem Kittel dann am Blut ansetzte, an dem Rohr zog, das Blut dann auf einer kleine Glasplatte wieder frei gab.

Einmal kippte sie um, immer und immer wieder taten sie es. Richtig zu sich kam sie an der Pizzeria die gegenueber des Tennisplatzes lag, auf dem sie so gerne gestanden haette. So angesagt war dieser, chic die Autos, chic, huebsch die Menschen die ihn betraten. Doch die Kleidung der Maedchen stoerte sie irgendwie, sie hatte den Eindruck das die Hoeschen die man zu den kurzen Roecken trug die Hauptsache war, mit Spitzen und Rueschchen waren sie besetzt. Undenkbar so was anzuziehen. Charlotte blieb immer nur bei

Dunkelblau und das komplett. Weiss war nicht ihre Farbe, die Figur lies das nicht zu. Vater holte sie damals aus der Praxis ab, niemals war er da, nur als sie umkippte. Durch das kleine Waldstueck fuhren sie, am Berg entlang in dem die Silbermienen waren, heute ueberwuchert nicht zu finden.

Die Treppe hinauf, am Fenster vorbei an dem die Waescheleine befestigt war, an quiet-schenden Rollen liefen die Seile, an denen man die Waesche befestigte. Diese dann ueber den Hof wehte, den Hof den sie hasste, es war das Grab.
Die Treppenstufen sollte ihres sein.
Er stand am ende der Treppen, grinste und schubste. Niemals vergass Charlotte dieses Gesicht.

Dann schlafen.

1.Kapitel

Stetig bergauf ging der Weg zur Schule, so beschwerlich war er.
Sie kannte ihn genau, jedes Haus, jede Klingel. Am Schulgebaeude war es so, als gaebe sie etwas ab.
An nichts erinnerte sie sich in der Schule.
Der Ausschaltknopf des Handys blieb gedrueckt.

Es war eben das Ochsenauge im Biologieunter-
richt, an das sie sich erinnerte. Wer macht
denn so was?

"Charlotte!, in der Schule gab es einen
Vorfall, ein Maedchen ist verschwunden.
Ein Mann soll sich an der Schule aufgehalten
haben, hast Du etwas gesehen?"

"Ja."

Sie hatte etwas gesehen. Ein Mann der an der
dichten Haecke am Schulhof vorbeiging.
Schulhof, Hecke, Gehweg, sah sie ein Mann.

Zum Polizeipraesidium ging sie alleine. Kalt
war das Gebaeude, ein merkwuerdiger Geruch.
Das Papier war es, Unmengen davon gab es
dort. Die Feuchtigkeit des Gebaeudes hatte
sich wohl mit dem Papier gemischt, den
Geruch verursacht, womoeglich. Unzaehlige
Karteikarten mit Bildern sah sie sich an.
Doch keinen erkannte sie, ihre Finger zum
Abschluss noch auf das Stempelkissen dann
aufs Papier, das war`s. Das Gebaeude
verliess Charlotte in Richtung Barfuessler-
kirche, am Landratsamt vorbei, in dem Grossvater arbeitete. Wenn man weiterging so kam
man an den Schlossberg den Charlotte ganz
oft ging, es war ihr Lieblingsweg.
Die Kirche war immer offen, gerne ass sie
ihr Eis in der Gruft auf die Saerge setzte
sie sich, ein herrlich kuehler Raum war es.
Ein wunderbarer Raum war es, ganz ruhig
wurde sie da unten. Mit ihrer Schulklasse
war sie da unten die Lehrerin zeigte ihnen
den Raum. Charlotte kehrte immer wieder dort

hin zurueck.

Heute jedoch viel der Besuch aus, eilen musste sie sich heute. Es ging noch zu Tante Elli und Onkel Kurt, auf dem anderen Huegel der Stadt. Dorthin wo die Haeuser so schoen sind eine Gepflegtheit des
mittleren Buergertums. Die Strassen gefegt die Vorgaerten top, der weise Winkelbungalow mit dem Jaegerzaun umgeben.

Kurt, mit den Trieben eines Essigbaumes kaempfend, die seinen englischen Rasen so stoerten, er bekam sie einfach nicht in den Griff.
Traubenkuchen gab es, Elli schnitt die Fruechte laengs durch, setzte sie auf den Tortenboden in die Puddingmasse, hellgruene und schwarze Trauben nahm sie.
Ansonsten roch das gesamte Haus nach Medika- menten, Elli war schwer krank, asthmakrank, ganz schlimm. Aufgedunsen, blaeulich rot die Haut, die Arme und Beine ganz duenn, so stand sie auch heute wieder in der kleinen Diele gegenueber des Walnussbaumes. Doch heute vermischte sich der Geruch der Medika- mente mit dem frisch gebackenen Biskuit, den Wurstschnitten, heute war Geburtstag.
Die Zeit bis zum ersten Stich in den Traubenkuchen vertrieb sich Charlotte mit den Wellensittichen, einer gruen der andere blau. Zwei Kaefige hatten sie, Jakob, wie der eine hiess, lief einem ueber den Arm, Richtung Kopf. Kalt wurde es Charlotte dabei, den Ruecken lief dieses Gefuehl herunter, einen metallischen Geschmack hatte sie dabei im Mund. Sie konnte es nicht gut haben, aber er tat es nun mal zu gerne. Wenn er auf dem Tisch herumlief wars ja ganz nett, aber das andere konnte Charlotte nicht

ertragen.
Er hiess Jakob, aber wie weiter? Genau,
genau, Jakob Nettler, er lebte im Hause
Nettler.

Ein Kanarienvogel sollte sie gewesen sein,
niemand sagte ihren richtigen Namen.
Wem gehört der Kanarienvogel?
Die Frau die ihr im Moment gegenüber sass
sagte damals.

"Mir."

Sie, die sich das blonde Haarteil mit einem
Kamm auf den Hinterkopf gesetzt hatte, es
zuvor im Bad mit Unmengen Haarspray bespruet
waehrend Charlotte auf der Kante
der Badewanne saß. Die Schuhe die sie trug,
von damals.

Schuhe kaufte sie von der Milch die sie sich
abpumpte und verkaufte. Fuer mich war sie
nicht, mich versorgten Schlaeuche durch Nase
und Mund.
Der Vogel saß mittlerweile in seinem Kaefig.
Sie wenig spaeter an dem Tisch an dem es
Kaffee und Kuchen gab. Mit uebereinander
geschlagenen Armen vor der Brust saß sie,
und Morgen wird sie sich die Sandaletten mit
Blockabsatz besorgen. Mit einer Eins in der
naechsten Mathematikarbeit hatte sie sie ihr
versprochen. Welch ein Glueck, dass es um
Erkennen der Regelmaessigkeiten ging, nicht
die Mathematik mit Text ueberlagert war.
Ach, ueberhaupt war es eine schoene Zeit.

Am Nachmittag sass sie mit -Kihn- zusammen
auf dem Balkon von Grossmutter.
Und sie spielten Monopoly. Der Hefezopf den
Grossvater gebacken hatte, fand reissenden

Absatz bei Charlottes Hund. Kihn als auch sie bevorzugten hingegen die Dampfnudeln, deren Zubereitung eine Wissenschaft war. Man setzte die Hefekugeln in Milch, und Zucker, und Salz, dann schloss man die schwere Kasserolle mit dem Deckel, wartete bis sie sangen. Dann in einen tiefen Teller, mit Vanillesauce.

Die schwarze Kruste am Boden der Nudel loeste sich nach und nach, zuerst waren es schwarze Faeden die die Sosse durchzogen, dann die ganze Sosse hellbraun. Mit ihm, war das Sitzen auf dem Balkon zu ertragen. Er befand sich nun mal oberhalb des Hofes den sie als Grab bezeichnete. Ihre Maeusebabies, die ihr Hund aus den Nestern auf dem Feld buddelte, ihr lebend und nackt praesentierte, die nahm sie mit nach Hause. Kaufte eine Flasche mit Liebesperlen, fuellte Milch hinein um sie zu fuettern.

Als sie eines Tages nach Hause kam stand sie am Fenster, mit den Seilen, warf die Maeusebabies in den Hof.

Das Spiel hatte Kihn und sie gewechselt, seit Tagen war Memory angesagt, sie spielten es auf Zeit. Paerchen um Paerchen wurden gefunden, der Tisch war in Windeseile abgeraeumt.

Als das Auto aus der Garage gefahren wurde sie in ihm sass, stand er am Hauseingang, winkte ihr zu. Die Sommerferien begannen, sie wuerde diese in Berlin verbringen.

2.Kapitel

Jaeh wurde Charlotte aus ihren Gedanken gerissen. Ein Brief vom Finanzamt den ihr Mann ihr zeigte.

"Ja brutal!
Kann doch nicht sein! Ruf Lilo an, ist die nicht irgendwie Chefin vom Finanzamt? Vielleicht kann sie Dir sagen wie das zu Stande kommt."

"Spinnst Du?, die kann ich doch nicht anrufen."

"Also wenn mir so was passieren wuerde, da rief ich aber an."

"Oder ruf doch Hecki, ihren Mann an."

Beide wohl die schlimmsten Feger, die das Land kannte, Dauergast beim Psychiater, die hatten solch einen Schuss.
Dass da was nicht stimmt war klar.
Vielleicht lag vieles auch an Hecki, der wohl jede Firma in den Ruin fuehrte.
Hochgradiger Alkoholiker, zu allem bereit um seine Sucht zu stillen. Sicherheit muss funktionieren, eine Traditionsfirma konnte man damit ruinieren.
Wollte er sich womoeglich an den Todesanzeigen der Verunglueckten laben?
Schon lange traeumte Charlotte davon einmal Drogentests bei Menschen der Wirtschaft und

Politik durchfuehren zu lassen. Jeder Bandarbeiter musste hin und wieder einen machen, warum nicht sie. Die Pupillen des Ministers waren schon sehr geweitet, als er recht apathisch am Tisch sass, bevor er nach China flog um Hightech zu verkaufen, die nun wieder Edgar mit solch viel Muehe zusammenbastelte. Wie viele Doktoranden waren damit beschaeftigt worden ihre Arbeitskraft in ein Projekt zu stecken das niemals ein Erfolg wuerde? Nicht nur Unternehmen, auch Staaten fuhren sie gegen die Wand.

Zwei Tage waehlte sie die Nummer des Finanzamts, doch es war immer belegt. Niemals wusste sie weswegen sie sich vor mir verneigte.

Wenn man einen Feind auch Erzfeind nennen konnte, so war Hecki es. Als sie ihn das letzte mal sah, so war es mal wieder bei einem Fest. Ganz tief sah er mir in die Augen.

"Man muss auch mal was vergessen koennen."

Seine Worte unklar, wirklich nicht wissend was er meinte. Sollte er jedoch das Leid der Menschen gemeint haben. So traf es fuer sie nicht zu. Das wuerde sie niemals vergessen. Welch ein Bild war es, als er eines Tages am Nachmittag in Frankfurt am Hauptbahnhof zwischen zwei Ampeln stand. Die eine Ampel war rot, die andere noch nicht gruen, da stand er mitten im Fussgaengerweg mit dem chicsten Cabriolet, die Farbe exakt diese wie die der Vanillesauce mit den Dampfnudeln. Mit der Faust klopfte sie gegen die Autoscheibe, sein Dach hatte er offen.

"Hallo Hecki!"

Er blickte auf, irgendwie abwesend schien er. Glueck hatte er in dem Moment, haette sie etwas hartes in der Hand gehabt so waere es unangenehm ausgegangen.
Am Auto vorbei, erst Hecki, dann ein Bettler der auf dem Gehweg sass. Gegenueber des Hauptbahnhofplatzes, welch ein Bild.

3.Kapitel

Ganz leicht bewegte Charlotte ihre Hand nach unten. Sie, zog schnell ihren Arm nach oben, liess los. Nur so kam sie von der Hand los. Zu unsicher der Gang auf den Pfennigabsaet- zen die den Ku-Damm entlang gingen.
Alleine wollte sie gehen in den neuen schoe- nen weissen Sandaletten mit Blockabsaetzen. An den Schaukaesten in denen die Kleider praesentiert wurden von den Schneidern die so viel Stoff in den Innenseiten der Kleider liessen. Dort drueckte sie sich fast die Nase platt an den Scheiben. An den Kleidern aus dem Kaufhaus war der Stoff eher knapp. Ein anstrengender Tag war es, der sich dem ende neigte.
Im Kaffee Kranzler bei Berliner Weisse eine gruene und eine rote. An denen sie beide durch das Roehrche nippte, vom Rondell des Kaffees aus schaute sie hinunter auf die

13

Butzenbaeren und Butzengrolen. Butzenbaeren waren die haesslichen Menschen, die Butzengrolen die alten Leute. Die Damen trugen ihr Haar oft lila, also man nannte das Bloehen, in der Sprache der Friseure. Wenn das Haar grau war, gab der Friseur eine Loesung darueber, die ein leichtes Violett ergab. Diese Damen kauften die Ladenhueter der Schmuckindustrie, die Ringe und Anhaenger mit den grossen bunten Steinen. Dass man die Leute hier so nannte erfuhr sie an diesem Tag nahe der Glieniker Bruecke. Vater verkaufte ihnen diese Ladenhueter, was man in Westdeutschland nicht mehr wollte wurde dorthin verbracht. Oft waren sie in der Stadt, morgen wuerde es zurueckgehen, mit dem Flugzeug, das Tapeten hatte, ganz schlanke Damen mit ausstehenden Kleidern, Hueten und Handtaschen war das Muster.
Dass man es von hinten bestieg stoerte Charlotte nur immer. Vom Flughafen Stuttgart ging es die Autobahn entlang, nach Pforzheim. Dann den Kanzlerwald, eine Nebenstrecke der Hauptstrecke, entlang am Krankenhaus, inden sie geboren wurde vorbei, nach Hause, ins Haus der Manschettenknoepfe. Eine Traurigkeit erfasste sie beim Gedanken an ihren Freund. Immer dachte sie er sei in der Stadt geblieben in der man Pfannkuchen zu Berlinern sagt. Er der auch keinen richtigen Vornamen hatte, zwei Buchstaben nur. So wie Charlotte auch keinen richtigen hatte. Tscharlie war ihrer, vielleicht lag es am Kanarienvogel. Welcher Kanarienvogel heisst den schon Charlotte.
Aber ob der Vogel nun maennlich oder weiblich war, wusste man mit diesem Namen nicht.

Auch wenn sie manchmal Angst empfand, bei

der Besichtigung des Gefaengnises in Spandau, den Haken an denen Menschen erhaengt wurden, den Haeusern deren Fenster zugemauert waren, vertrocknete Kraenze an den Haeusern lagen. An die Doppeldeckerbusse dachte sie, die Linie ins berliner zu Hause war, die Linie Flughafen Tempelhof. Ihr Freund ohne Vornamen, er durchquerte mit ihr die Stadt Berlin.

Alles wusste sie von ihm und er von ihr. Er liess die Rakete zum Mond bauen, weil er genau so wie sie wusste, dass die Erde zerstoert wuerde, und nur ein kleiner Teil der Menschheit ueberleben wuerde, und zwar auf dem Mond wueden sie dann Leben. So wie sie sich von der Hand los riss, so baute er die Rakete.

Beruhigt, die Mondstation schon mal einrichtend, schlief sie ein.

Eine tolle Zeit fuer Charlotte begann. Ein neues Schuljahr, eine neue Klassenlehrerin, die wuchtig mit eckigem Koerper vor der Klasse stand, ihr Haar ohne Schnoerkel einfach so herunter hing.

Die erste Klassenarbeit war:

Die Erlebnisse der Ferien.

Einen Aufsatz sollten sie schreiben. Von dem Freund mit der Rakete und seinem Vorhaben, auch von der eingerichteten Mondstation schrieb sie. An der Mondstation musste was dran sein, Mutter wurde in die Schule zitiert.

Vorbei die Zeit der Einsamkeit, vorbei die Zeit der Angst vor dem naechsten Schultag. Die Nachmittage verbrachte Charlotte nun im Haus der Lehrerin. Die Zensuren wurden besser und besser. Die Gefahr der Sonderschule in der sie schon avisiert war vorbei. In eine Waldorfschule sollte sie wechseln so

schlug die Lehrerin vor. Dort war sogar ein
Abitur moeglich. Was innerhalb eines Schul-
jahres sich aendern konnte war doch ganz
erstaunlich. Mutter bekam ihr lang ersehntes
Einfamilienhaus, ganz in der Naehe ihrer
Freundin deren Lebensinhalt es war, sich im
Freibad gegenueber ihres Hauses, sich im
Bikini dort zu praesentieren, wo die Maenner
am schoensten waren. Entfloh, wenn man so
wollte in gewisser Weise ihrem glatzkoepfi-
gen Ehemann, glatzkoepfig, aber erfolgreich.
Er war der Besitzer des Autohauses, der den
Schulwechsel von Charlotte auf das entschie-
denste ablehnte. Wobei seine Tochter in
dieser Waldorfschule war, sie hies Anja und
war behindert. Nicht richtig sprechen konnte
sie, auch ihr Bewegungsablauf schien gesto-
ert. Mutters Haus wurde vom Raumausstatter
gestaltet. Als es fertig war, glich es einem
kleinen Schloesschen.
In dem nun endlich die Feste gefeiert werden
konnten, die sie so viele Jahre vermisste,
und sie wurden gefeiert. Das Haus lag in
einem ganz anderem Stadtteil.
Eigentlich haette Charlotte die Schule
wechseln muessen in eine andere Hauptschule,
doch dazu kam es nicht. Einen langen Weg
musste sie an jedem Tage gehen. Die Abkuer-
zung durch den Friedhof ging sie, manchmal
am ganz fruehen Morgen wenn es noch dunkel
war. Strickt verboten wurde es ihr. Zum
Wechsel in die Waldorfschule kam es nicht.
Nach Bayern ging es, in die Hotelfachschule.
Dann weiter auf den abgelegensten Ort, so
dachte sie, waehrend die alte Bergzahnbahn
den Berg hinaufkroch. Wer war sie denn nun
wieder, Heidi womoeglich, es war ein
Bergdorf weit oben auf ueber 1000 Meter oder
so. Da stand die Schule. Eigentlich ein
reiner Touristenort, doch es war Sommer,

kein Hotel belegt. Die Rolladen der Fenster
der Ferienwohnungen der "guten Gesellschaft"
geschlossen. Der Direktor der Schule
vergriff sich an den Schuelerinnen.
Weit entfernt von einem Abitur und die
Chance jemals ein normales Leben zu fuehren.
Jede freie Minute lief sie davon, verbrachte
die Zeit in Montreux und Genf.
Was tun mit einem Maedchen das aussah
wie......, das Wissen hatte das so gar nicht
zu dem passen wollte zu dem der Eltern.

Es blieb nur noch der Tot.

Sehr geschickt war der Verkehrsunfall einge-
faedelt. Niemals schloss sie den Gurt des
Helms wenn sie mit ihrem Mofa unterwegs war.
Doch kurz bevor sie mit Wucht angefahren
wurde, sie durch die Luft flog, auf dem Kopf
landete, schloss sie ihn eben doch. Alle
Beweismittel wurden von der Polizei besei-
tigt. Auch ins Krankenhaus kam sie nicht.
Indes stand sie blutueberstroemt in einem
Raum im Keller wo gekegelt wurde. Niemand
brachte sie ins Krankenhaus, schon gar nicht
die Damen der feinen Gesellschaft die kegel-
ten. Das Vorhaben sie zu toeten waehre
aufgeflogen.

4.Kapitel

Es waren Bierbaenke, auf denen sie sassen.
Die Abschiedsfeier von Jef war es, in einem
Biergarten im Englischen Garten. Noch in
dieser Woche wird er Deutschland verlassen.
Seine neue Heimat sollte Australien sein.
Die Party ging zum ende, so setzte er sich
ihr gegenueber, strahlte sie an, und sprach
vom Barriaer Riff. Er machte eine Bewegung
die das Laden eines Gewehres war.

"Charlotte mit Dir moechte ich hinunter
tauchen, Dir das Riff zeigen. Du, genauso
wie ich, suchen doch die Haie, wollen mit
ihnen tauchen das Riff umschwimmen."

Wie recht er hatte, woher wusste er davon?
Zwei Tage kannte sie ihn, wie konnte er
wissen, dass sie den weissen ganz grossen
jagte. Er, der Spross eines uralten Koenigs
der Insel.

"Wann kommst Du nach Australien?, wann genau
Charlotte?"

"Weiss nicht, bald Jef."

Er fotografierte gerne, sein Bilder hatte er

ins Internet gestellt. Lange bedurfte es nicht, bei der Betrachtung der Motive wusste sie, dass er zwar auch einen Hai jagte, doch einen anderen als sie, jagte er.
Von dem Moment war es klar, dass ihr Hai sogar eine Adresse hatte. Koralle Nr.?
Wenn man so wollte. Ohne es zu wissen hatte sie schon tausende Koeder ausgelegt.
Immer weniger wurden es, die ihn umkreisten, die letzten wuerde sie nun ganz gezielt setzen.

Sie stand neben der Person beugte sich zu ihm hinunter. Eine Uniform trug er, an der Seite seiner Jacke unzaehlige viereckige Metallstuecke, die sich ohne Zwischenraum aneinanderreihten.

"Einen Orangensaft, ob es den gibt?"

"Ja, natuerlich gibt es den, sogleich stand dieser neben seinem Teller auf dem Tisch. Eigentlich ganz nett dieser Oberbefehlshaber der US-Armee."

Der Verteidigungsminister stand in weiter Entfernung am anderen Ende des Saals gegenueber. Eine Hand in der Hosentasche, staendig versuchend den Fortgang des Banketts zu verzoegern, es womoeglich zu unterbrechen. Das Russische Militaer hatte den Raum bereits verlassen. Der Gastgeber sass am Tisch. Auf den Verteidigungsminister blickend, dann schraeg in die Richtung wo sie stand, neben dem Mann der US-Armee.
Ein etwas verzweifelten Ausdruck hatte sein

Gesicht. Wie auch ihres beim Blick auf ihre
Uhr. Wenn das Katastrophen-Bankett sich noch
laenger in die Laenge zoege, so konnte sie
die letzte U-Bahn niemals noch erreichen.
Und alles nur weil der Verteidigungsminister
rumzickte. Oh, dieser Gastgeber, wie konnte
man denn auch nur diese Speisefolge waehlen.
Und Emil war nicht da. Hauptgang Lamm! War
doch klar, dass er den verhindern wollte,
geradezu musste. Angesichts dessen was sich
der Praesident sich mal wieder ausgedacht
hatte. Emil und Dirk, den sie geradezu
verehrte, durchschauten den Plan fruehzei-
tig. Doch was tun?
Noch lange in dem Raum herumzustehen brachte
nichts. Sie ging Richtung Kueche, am Pass
noch nicht angekommen, die erloesenden
Worte.

"Hauptgang kann!"

So schrie der Kuechenchef.

Die Servicebrigade marschierte nach kurzer
Sammlung los.
Natuerlich wusste Charlotte, dass sie das
Bankett nicht einfach aufloesen haette
duerfen, doch nur noch vereinzelt sassen
wenige Leute an den Tischen. Natuerlich war
es der Gastgeber, der noch bei ihnen sass.
Doch den Fang konnte sie sich nicht entgehen
lassen. Beim Verlassen des Festraumes sah er
sie streng, mit den Augen nach oben verdreht
an, ging die breite Steintreppe hinunter
deren Gelaender aufwendige Steinmetzarbeiten
zierten. Ein Blick zurueck, ein leichtes
Grinsen, so hatte es den Anschein es gesehen

zu haben. Die naechste Woche sah sie ihn schon wieder, beim Staats-Bankett. Spezielles Mineralwasser, was bestellt wurde, nicht gehabt, stattdessen gutes klares Leitungswasser in silberne Kannen abfuellen lassen. Sie tranken es, keine Beschwerde.
Na dann, beim Abraeumen der Teller mit dem Besteck klappern lassen. Abraeumen und Auftragen taten die anderen. Das Gebaeude war ihr zweites zu Hause geworden.

In den Servicepausen durchstreifte sie diese Gebaeude. Sie liebte dieses Leben.
Tagsueber stand sie hinter der Eistheke beim Fischhaendler.
Die uebriggebliebenen Baguettes waren ihr Abendessen auch oft das Mittagsessen.
Dem mit langem Trenchcoat, auch ihm gab sie von den Broetchen ab.
Am Abend in der Welt der grossen Politik.

Suppenteller bei der Hochzeit bei Adels lies sie gegen Suppentassen tauschen.
So ging es Jahr um Jahr. Die Netze immer voller, viele waren es die falsch abgebogen waren, in ihnen landeten. Sie zu bergen, ins Boot zu hieven, alleine fast nicht mehr zu schaffen.

Holger noch mal schnell ein Salamibroetchen serviert, das er niemals bestellt hatte bei seiner Besprechung. Noch kurz ein Autorennen mit seinem Leibwaechter auf der Prachtstrasse geliefert.
Dann ab nach Prag, die Jakobtasche aus dickem Leder war sie, mit langem Riemen. Quer ueber dem Koerper trug sie sie, uebervoll mit Utensilien.
In einem unscheinbaren Touristenhotel trafen sie sich mit den Damen aus Spanien. Natuer-

lich wusste Charlotte dass die Kontaktauf-
nahme der Aerzte aus Russland Jahre davor
geplant war. Wer glaubt denn schon dass
ausgerechnet Radiologiespezialisten die Frau
die sie begleiteten, mit dem Dolmetscher des
damaligen Praesidenten verheiratet. Diese,
im Esszimmer von Charlotte, in einem Dorf
sassen, in dem Napoléon seine Soldaten
schickte, um sie auf Gebiete wo Malaria
herrschte vorzubereiten. Schon gar nicht
wenn man als Kind staendig geroengt wurde.
Nach unzaehligen Roentgengaengen festge-
stellt wurde, dass das Kind einen Birnenma-
gen hat. Es daran wohl laege, dass das Kind
so dick ist.
Tja bloed jetzt. Sie alle sassen alleine im
Esszimmer, Charlotte nicht anwesend.

Der Platz in Prag war voller Touristen.
Charlotte stand in mitten des Platzes mit
Kopfsteinpflaster. Ein Rundtor, ein alter
Wehrturm, ein Rundbogen der Eingang des
Wehrturms. Ein Ritter der unweit des Turmes
stand, er sah sie an.
Blitzschnell nahm sie das leere weisse Blatt
aus ihrer Tasche, legte es auf den Ruecken
ihres Mannes. Stellte ihn so, dass er es
sehen konnte. Im Augenwinkel sah sie sein
Auto, er sass am Steuer. Flach, breit und
weiss war es. Er liess den Motor aufheulen,
schoss los. Endlich Auge in Auge mit dem
Hai.
Charlotte schlenderte weiter mit den beiden
und ihrem Mann durch die Stadt.
Eine Bootsfahrt hatten die Damen aus Spanien
gebucht, direkt am Boot stand Charlotte
schon, doch sie stieg nicht ein. Auf einer
Bootsfahrt kann so manches Unerklaerliche
stattfinden.

"Oh mir ist so uebel, ich kann nicht mit einem Boot fahren."
So rief sie aus.

"Ganz unmoeglich ist eine Bootsfahrt fuer mich.
Oh! Mir ist ja so uebel."

Gegenueber ihres Hotelzimmers war er, sie sah ihn. Das Handy laeutete, tief in der Nacht wars.

"Charlotte!, bitte tue jetzt alles was ich dir sage, weiche nicht davon ab.
Tue bitte einmal genau was ich dir sage, keine Alleingaenge mehr. Wir treffen uns am bekannten Platz.
Fahre so schnell es geht nach Muenchen zurueck. Verlasse das Auto nicht, bevor du Muenchen erreicht hast."

Nichts konnte sie mehr sagen, er hatte schon aufgelegt. Er ging in der Wohnung auf und ab, durch die Vorhaenge war er doch zu sehen. Eigentlich war er eher ein ruhiger Typ, es war wohl wirklich gefaerlich.
Im Fruehstuecksraum bemerkte sie, dass es das wirklich war. Die Damen schlugen vor den Weg nach Muenchen doch ueber die Landstrasse zu waehlen. Viele Obst und Gemuesestaende gaebe es.
In Ueberschallgeschwindigkeit die Reisetasche geschnappt in die Tiefgarage ans Steuer, und ab nach Muenchen. Kurz vor Muenchen raste Holger im Dienstwagen in Richtung Prag an ihr vorbei. Ueber zwei Tage

hatte sie nun Vorsprung, der Aufenthalt war
noch ein Tag laenger geplant. In welchen
Honigtopf in aller Welt war sie denn da
gefallen.
Die Rolle ihres Lebens hatte sie im Moment
uebernommen, als er an ihr vorbei rauschte
mit Blaulicht. Aber war es nun eine Rolle,
oder war sie es selbst? Das wusste sie eben
nicht. Am naechsten Parkplatz fuhr sie schon
einem Polizeiwagen hinterher, der sie mit
einer Kelle auf diesen wies.

"Scheiss Typ! Hat er sie doch
glatt gesehen."

Die Politesse streckte ihren Kopf zum
Fenster hinein.

"Wo ist Ihre Vignette?"

Ganz links unten an der Windschutzscheibe
klebte sie.

"Ach!, sie koennen weiterfahren."

Betrachtet man nun einmal die Geschichte und
den Hintergrund der Polizei, so wusste sie
nun weswegen er so nervoes war. Unruhig in
der letzten Nacht, in der Wohnung auf und ab

ging. Die Stadtgrenze von Muenchen ueberfah-
ren, blieb nur noch die Flucht nach vorne.

Zum Handy griff sie.

"Hallo ich bins, koennen wir uns treffen?"

"Ja, warum ist was passiert?"

"Nein."

"Komm zur Raststaette, ich warte dort in
einem weissen Kombi."
Seine Autotuere geoeffnet.

"Gib mir die Losung!"

Unverstaendlich, jeglicher Logik entbehrend
fuchtelte er mit den Haenden herum.

Ha, Ha, es gab also eine Losung, dann gab es
also ein Geheimnis. Sie folgte seinem Wagen
an den Hopfenfeldern der Holledau in Niederbayern.
Je naeher sie an Manching wo er wohnte
kamen, je mehr viel ihr auf dass die Leute
auf der Strasse ihn kennen mussten. Sie
sahen dem PKW nach, weiss war er, und hoch.
Es war wohl die katholischste Gegend
Deutschlands. Der amtierende Papst stammte
von hier, seine Gemeinde war das hier. Der
Honigtopf mauserte sich mit jedem Meter zu
seinem Haus, zum Leimtopf. Vor dem Haus
standen die Autos, er stieg aus oeffnete
seine Garage. Schaute sich um als wuerde er

verfolgt.

"Schnell fahr Dein Auto hinein!"

Durch die Garage gelangte man ins Haus. Ein
riesiger Tisch in der Mitte des Raumes, eine
Einbaukueche an der Wand, Getraenke wurden
in Plastikbechern gereicht.
Die geschnitzte Madonna noch immer da die
frueher im Esszimmer zu Hause stand. Rosen
aus Plastik umringten sie. Seine Zinnbecher
standen hinter Glas im Schrank, auch von
Rosen umringt. Charlotte sucht die Toilette
auf. Das Bad, in dem sie stand unnatuerlich
sauber, kein Haar, kein Kamm, nichts, aber
auch gar nichts war da.

"Scheisse."

Das Haus war praepariert, er wusste dass ich
kommen wuerde. Die Frau mit der er jetzt
lebte, eine Kirchenchorsaengerin in der
Gemeinde des Papstes. Hier hatte sie die
Finger am Puls der Kurie Roms, sie sass am
Tisch ihres Vater. So dies und das erzaehlte
er, als auch sie und ihr Mann, der sie
begleitet hatte. Seine Tanten, sehr katho-
lisch, wo Collins Sargfabrik stand, sie,
also die Tanten die Leichenwaesche naehten.
Collin der Schuetzenkoenig war, und sein
Schwiegervater im Krieg der Buergermeister
des Ortes.

Sie, mit der Ledertasche von Jakob auf einem
der Stuehle in diesem Raum sass. Die
Tasche voller brisanter Unterlagen.

Was nun?
Seit gestern nichts mehr vom Hai gehoert.

"Nach Muenchen wurde ich an eurer Stelle
nicht mehr zurueckkehren, ich kenne einen
Bauernhof der Gaesteapartements hat, bleibt
doch einfach hier. Mareck kann von hier aus
seinen Auftraggeber gut erreichen."

Wie Schuppen viel es von den Augen, in eine
wirtschaftliche Abhaengigkeit hatten sie sie
getrieben.
"Morgen kommt Erhard in den Ort im Bierzelt
wird er sprechen, es ist Wahlkampf. Moechtest Du mit gehen Charlotte? Am Nachmittag
findet es statt.
Ich habe Karten fuer die Veranstaltung."

Langsam hatte Charlotte wieder ihre Fassung
erlangt. Der Hass hatte mal wieder die Angst
vertrieben.

"Sein Vater ist unser Chorleiter."

Sagte die Lebenspartnerin ihres Vaters.

"Ach toll, natuerlich gehe ich mit, gerne."

Nett das Apartment auf dem Bauernhof, so
ruhig und abgelegen. Wieder tat er es, der
Grossstadt entnommen, das war es.
Es war Nachmittag das Bierzelt voll, dann

die Durchsage. Die Veranstaltung wird
abgesagt.

"Der Minister wurde in Afghanistan aufgehalten, er kann nicht anreisen."
Wers glaubt. Arschloch, Schisser.
Er gehoerte eben wie Janosch, Erwin, genauso
wie Jeremie zu denen die ihre Konzertabende
immer noch im Kerzenschein abhalten. Wenn
die Kerzen erloschen waren, auch das Konzert
zu Ende. Doch die Zeit war eine andere
geworden, es gab nun mal das elektrische
Licht. Niemand konnte doch diesen Mist, was
sie ueber die Menschen kippten noch glauben.
Sie hatten nicht bemerkt, dass ihr Konzert
schon zu ende war bevor es begonnen hatte.
Ihre Kerzen brannten schon lange nicht mehr.
Hatten sie jemals gebrannt?

"Nein, niemals taten sie es."

Ob Erick wusste auf welchen Schleudersitz er
sass?, das Land war ueberflutet von Gaeste-
toilettenseifen. In vielen Toiletten der
Amtsstuben lagen sie auf den Waschbecken.
Auch in vielen Privathaushalten gab es sie.
Der Rohstoff aus denen sie gemacht wurden
reichte bestimmt ca. bis in die 70er Jahre
in diesem Land jetzt speziell. Doch die
Dinger sind ja unendlich haltbar. Wer weiss
wie viele der Alten immer noch im Umlauf
sind.
Damals als er der jetzt gegenueber ihr sass
im tiefsten Niederbayern. Also ihr Vater,
als Amerikaner verkleidet, Meckifrisur,
eckige Brille, mit sehr breitem schwarzen
Rand, ihr aus Amerika, also aus New York
genau, nicht das Schlumperle mitbrachte. Die
Babypuppe mit weichem Koerper den Gliedmas-

sen, die sich wie bei einem Kind bewegen
liessen. Es gab dieses Modell Puppe nun mal
nur in Amerika.
Darum sollte er sie von dort ihr mitbringen.
Doch er brachte Zensi, die Puppe mit Dirndl,
Tirolerhut, und braeunlich in`s rot gehende
geflochtenen Zoepfen mit. Niemals hatte sie
sie angefasst. Gehasst wie die Pest hatte
sie diese Puppe.
Die Seife des Hotelzimmers glitt im Moment
durch ihre Haende. Es war ein Luxushotel,
die Vip-Etage. Hermetisch war diese von zwei
Glastueren abgesperrt, ein Korridor war es.
Der nur durch eine Spezialkarte zu oeffnen
war. Als sie das Zimmer betrat, machte sie
den TV an. In allen Hotels war es nun mal
so, dass das Hotelinformationsprogramm als
erstes lief. Mit Bildern von Rittern dem
Mittelalter war das Hotel hinterlegt. Der
Aufenthalt dauerte genau einmal Haende
waschen. Das Scheunentor stand sperrangel-
weit offen, waehrend ein Raubtier unterwegs
war. Tja, was wollte man erwarten von einem
Land das zwar reich war, aber der Reichtum
durch Landbesitz und dessen Verkauf stammte,
nicht wirklich aus nichts erschaffen war.
Ins andere Luxushotel wie Vater es vorschlug
sich bei einem Mann zu melden den er kannte,
nach einem Job zu fragen, das tat sie nicht.
Niemand konnte von ihr verlangen noch einen
Fuss ueber diese Schwelle zu setzen.
Armin wuerde sein Spiel nicht noch einmal
eroeffnen koennen. Am Hauptbahnhof Muenchen
stieg sie in die S-Bahn, bis in den Flugha-
fen fuhr sie. In wenigen Stunden in London,
Jakobs Tasche und sie. Mit jedem Meter jedem
Kilometer den sie zurueklegte wurde sein
Netz durchlaessiger. Die schwarzen Haie die
ihn umkreist hatten, weniger und weniger.
Es war Dunkel als Downing Street erreicht

war. Vor dem Gebaeude kein Wachhabender, dem sie es sagen konnte, niemand vor dem Gebaeude.

Armin war ein schwarzer Hai, er hielt sich nur vor einem dunklen Hintergrund, in dunklem Gewaesser auf, so dass man den Eindruck gewinnen konnte er sei hell. Im Sonnenlicht, wo sie ihn sah, ganz klar als schwarz zu erkennen. So lange hatte sie gerade an diesem Land festgehalten, es nicht wahr haben wollten. Niemand wuerde ihr jemals noch einmal in dieses Land den Weg zu den Grabstaetten verwehren, die nun einmal in Westminster ganz am Ende des Ganges waren. Niemand sollte bemerken dass Charlotte nicht Luedia folgte, die Richtung Ausgang ging. Charlotte hatte immer die andere Richtung genommen, was blieb nun noch was sie verkaufen konnten.

"Nichts, war es."

Wie viele Bobbis sie auch schickten um Charlotte hinauszukomplimentieren. Wie viel Kreisverkehre noch mit Polizisten bestueckt wuerden um sie aufzuhalten. Auch dass sie die Strassenschilder so angeordnet hatten, dass keiner die Wege finden sollte. Immer wieder kehrte sie zurueck. Diese nun war die letzte, sie hatten ihn weggetragen. Ein ganzes Volk war falsch abgebogen, erkannten nicht, das ein Hai keine Haare hatte, und somit auch nicht zu faerben war. An den Ruby Haeusern ging sie vorbei. Weiss ihre Fassaden, schwarze Zaeune, die unterbrochen wurden an den Treppen, die nach unten fuehrten. Unzaehlige Dienstboten gingen die Stufen hinab, an den Staeben des Zaunes

vorbei, gerader Stab aber eine Spitze aufge-
setzt. Hilflos die Bewohner ohne sie, die
Tag fuehr Tag an den Staeben vorbei die
Treppen hinab gingen.
Zur Nationalgalerie dahin wollte sie noch
einmal, doch jeder Schritt den sie tat wurde
beschwerlicher. Die falsche Nummer hatten
die Bobbys damals gewaehlt. Nicht den Vater
riefen sie an. Nein ihr Bild ging an die
falsche Adresse, sie schickten, ihr, das
Handyfoto von Charlotte. Wie die Polizei
hier strukturiert war wusste sie nicht
genau. Doch ginge man davon aus, dass auch
sie ihren Ursprung in kirchlichen Orden
haetten? Es gab womoeglich eine Verbindung
zwischen den Orden in Deutschland und
anderen Laendern. Es gab wie ich denke einen
Orden da wurde eine Grosskatze am Bauch
aufgehaengt, und dann umgehaengt.
Wer macht denn so was?
Mit einem toten Tier am Hals herumlaufen.

Bis zur naechsten Kreuzung ging sie noch.
Auf die Einkaufsliste sah sie, sollte sie
das alles noch vor ihrer Abreise schaffen
einzukaufen, so war die Zeit knapp die
blieb.
Dass ein neues Leben fuer sie begonnen
hatte, daran musste sie sich erst einmal
gewoehnen. Hinein in das getuemmel der
Einkaufsstrassen. Massen zu der Zeit auf der
Oxford.
Also was er alles brauchte!, unfassbar.
Wie sollte sie denn das alles transportie-
ren?
Die Liste musste abgespeckt werden.
Zum Handy griff sie.

"Charlotte!

Sag mal!, brauchst du alle diese Dinge, unbedingt gleich?"

"Klar brauch ich die alle gleich!"

"Aber wie soll ich denn das alles transportieren?"

"Was macht man wohl wenn man etwas nicht tragen kann, und verreisen will?"

"Weiss nicht!"

"Oh Charlotte! Man kauft sich einen Koffer mit Rollen, der so gross ist, dass alles rein passt."

"Ach so, ja stimmt."

"Wo ich dich jetzt an der Strippe habe. Nimm bitte einen der ersten Fluege, den du bekommen kannst. Die Wegbeschreibung gebe ich dir auch gleich mal durch."

So stand sie nun noch immer auf der Oxford mit dem Handy am Ohr.

"Was!!! Was!!!!"

"Wer faehrt denn dorthin mit einem Koffer der so gross wie ein Schrankkoffer sein wird?
Die Lachnummer werde ich mal wieder sein, der Depp der Nation!"

"Na und!"

Schweigen.

"Stimmt, ja und!"

Wuerde sie jetzt nicht gerade im 12er Pack manche Dinge kaufen, so wuerde die Grossgroesse eines Koffers genuegen. Herzlich lachend die Strasse entlang.
Also ein Typ ist das ganz unglaublich.
Spaeter Nachmittag am Fenster des Hotelzimmers, gegenueber der Startbahn des Flugplatzes. Fast im Minutentakt starteten die Maschinen. Fast am selben Platz stand Charlotte vor einigen Jahren, damals war die Schliessanlage des ganzen Hotels ausgefallen. Sie konnte ihr Zimmer nicht mehr betreten, endlos auf den Gaengen unterwegs, die tiefe Wunde an ihrem Bein war aufgeplatzt. Als dann ein Hotelmanager es schaffte ihr Zimmer zu oeffnen legte sie sich auf Bett, verband die Wunde notduerftig, doch es stoppte nicht. Das Laken die Decke alles ueber und ueber voller Blut. Alles nahm sie, steckte es in die Badewanne liess kaltes Wasser darueberlaufen. Die Hausdame verarztete sie dann mit Pflaster und Binden.
Tja, Armin tat eben das nicht, schickte einen Minister.
Boing, und wieder war es passiert, wieder hing sie in den Erinnerungen fest. In den Gardinen verkrampfte sich ihre Hand. Hatte sie die Brieftasche nur aussen angefasst? Oder war sie mit ihren Fingern auch auf das Plastikteil im Inneren gekommen?
Natuerlich war sie das. Ein Fingerabdruck veraendert sich nicht, den hat man sein Leben lang. Wenn man nun mal annaehme, dass

die Polizei einen Chef hat, und der Minister
sein koennte?
Acht Tage nach dem Vorfall gab es den
Vorfall, dass ein Mann auf den Bahnlinien
erschossen wurde. Dann wurde der Minister
der seine Brieftasche vergessen hatte,
abgesetzt. Egal der Mann war tot.
Dann bekam er einen Job bei Armin, wechselte
durch ihn ins Gesundheitswesen. In Armins
Familie gibt es das grosse Geheimnis, es
gibt ein Archiv, das verschlossen ist.
Man weiss nun, dass es Unterlagen gibt zu
denen nur hochrangige Minister Zugang haben.
Es gab eine Geschaefsfrau in einem Dorf es
war die geschiedene Ehefrau eines Anwalts
dessen Namen sie besser abgelegt haette. Wie
viele Menschen wussten womoeglich von diesem
Archiv? Die Geschaeftsfrau hatte eine
Identitaet, Tscharlie nicht.

Es war doch moeglich dass ein Mensch in
einem Computer verzeichnet wird. Und immer
wenn er Kontakt mit der Polizei oder Behoer-
den hat, so leuchtet ein Laempchen auf das
sagt Vorsicht, besondere Behandlung.
Bei mir sah diese besondere Behandlung so
aus: Dass wenn ich mit ihnen Kontakt hatte
der schlimmst moegliche Fall inszeniert
wurde.

Bei dem Vorfall als die Frau ueber meine
geoeffnete Autotuere stuerzte, war es eben
keine Fahrerflucht, ich habe mich nicht vom
Unfallort entfernt.

Als ich einen von der Gruppe bei der Polizei
anzeigen wollte, so wird eine Geschwindig-
keitskontrolle aufgestellt.

Eine Gehirnerschuetterung wird im Krankenhaus zum Schaedelbasisbruch usw., hunderte von Vorfaellen gab es.

Papiere muessen stimmen.

5. Kapitel

Ihren Pass legte sie dem britischen Beamten am Flughafen vor.

"Hai, Tscharlie!"

Das kannst du dir sparen mein Lieber! Hennrie ist nicht mehr im Amt. Falscher Name, bloed jetzt was!

Der Pilot flog einen weiten lang gezogenen Bogen ueber London. Ganz dunkel war es noch als sie gestartet war.
Ihre Gaesteseifen und das Eau de Toilette war eben nicht mehr da. Das Schliessfach, das sie fuer einen Tag gemietet hatte, wurde am Abend geleert. Oeffnen durften sie es, jedoch den Inhalt behalten das eben nicht, es war ihr Eigentum.
Was sagte der Polizeibeamte doch noch mal genau? "Ach vergessen sie das doch, nehmen

sie die Entschaedigung und gut ist". Aber es war nun mal Diebstahl, darum blieb es bei der Anzeige. Sie wollte wissen wer die Gegenstaende ihr weg nahm. Sind die Schuetzenvereine immer noch womoeglich die Serviceclubs der Polizei?

Vor ueber 70 Jahren gingen Menschen in ihren Schlund. Heute gehen ihre eigenen Landsleute in ihren Schlund. Die Tore oeffnen sich, sie gehen hinein. Wenn sie dann verdaut sind, ausgeschieden, das wars dann. Charlotte hatte einfach keine Lust mehr im Maul dieses schwarzen Hais herumzulaufen, die Menschen warnen zu wollen.
Schlucken konnte er sie nicht, die anderen schon. Wo sassen diese Typen denn noch ueberall?

Einfach wars nicht den Rollkoffer in die Gondel zu bringen, alles durchtrainierte Wanderer und Sportler in ihr. Vom Meeeresspiegel hinauf auf ueber 2000 Meter, nicht gerade einfach fuer den Koerper. Das Herz schlug, als haette es hin und wieder einen Aussetzer. Nicht nur, dass sie im englisch Style in der Gondel stand. Der Koffer zweifellos auch katastrophal, die Angst die sie hatte beim Blick nach unten schrecklich. Immer wieder stand sie auf, klammerte sich an den Haltegriff.

"Das ueberlebe ich nicht, ich krieg die Krise, etwas abgelegener haette es ja nicht sein koennen."
Den Berg kannte sie genau, als Teenager fuehrte eine Bahn hinauf, bis auf 2000 Meter musste man es zu Fuss schaffen. So manche Mole entlang gegangen die drohte ins

rutschen zu geraten, dort stand die Huette.
Das was sie dachte er am noetigsten sofort
brauchte, packte sie eilig in die Tasche,
packte eigentlich komplett alles um. Den
Koffer an der Bahnstation deponiert, ging es
hinauf zur Huette. Ein Katastrophenmarsch
war`s, gut dass da oben so gut wie niemand
war, so schimpfte sie vor sich hin.

Schreiend.

"Ich glaube das doch alles nicht!
Was mach ich denn hier eigentlich alles? Mir
reichts!"

Ich will einfach nicht mehr, leichter Rauch
stieg vom Kamin hoch.

"Jetzt reichts aber wirklich!"

Die Tasche schleuderte sie auf den Boden.
Nicht dass sie sich unter seiner Regie
innerhalb von zwei Jahren im Vergleich zu
vorher, wenn man so wollte, auch zum Sportler entwickelt hatte, von 80 KG auf 54 KG
drahtig die Arme und Beine, ganz dicke Adern
verliefen auf den Haenden und ihren Armen.
Ihr Gesicht schmal, die Backenknochen hoch,
und sehr deutlich zu sehen. Die Haut ganz
dunkel.

Ein Zettel hing an der Tuere:

  'Telefonkarte war alle, musste im Hotel an
  der Bahnstation neue besorgen.
  Warte in der Halle auf Dich.'

Sie platzte fast, nicht nur aus Wut, nein auch vor Mitteilungsbeduerfniss.
Eine Hotelhalle wuerde sich ja auch ganz super dazu eignen solche brisanten Dinge zu erzaehlen.

Typisch! Waehrend die anderen Leute sassen, hing er im Sessel, die Beine ueber der Lehne, der Ruecken lehnte auf der anderen Lehne. So lange Beine hatte er, schmalgliedrig im ganzen. Das altbekannte Brillengewirr vor seiner Brust. Auch er wechselte staendig die Brillen wie auch sie es tat. Nur ein Blick.

"Ja was haette ich tun sollen, was wenn ich haette telefonieren muessen!"

"Ja, ja schon gut."

Er sprang auf.

"Komm lass uns gehen."

"Wohin?"

"Na zur Huette!"

"Du glaubst doch nicht, dass ich noch mal da hoch latsche!
Irgendwann muss mal Schluss sein, ich kann, und will nicht mehr laufen.
Ich sage nun einfach mal nein."

Es war schon frueher Morgen, so viel hatten

sie sich zu erzaehlen, als sie einschliefen.

5 Jahre spaeter

Die drei sassen schon im Auto. Charlotte
dann gegenueber von ihnen. Das Auto hatte
einen sogenannten Sekretaerinnensitz. Es war
eine der groesste Limosiene die es gab.
Der Sitz wurde nachtraeglich eingebaut.
Einen Orangensaftflasche die sie kraeftig
schuettelte in der Hand.
Der Fahrer fuhr los. Ihr Mann und Clement
sahen sie abwartend an.
Phill schaute zum Fenster hinaus, sein Kinn
hatte er auf sein kleines Haendchen gestu-
etzt, kein Blick keine Reaktion. Charlotte
zog ihr Kinn ganz nach unten.

"Was ist los?"

Clement schuettelt leicht seine Hand, blickte zu Phill.

"Er ist sauer."

"Warum?"

"Na weil er nachher nicht mit darf!"

Sie goss den Saft in die Becher, zwei davon,
in sie steckte Charlotte Strohhalme, an den
Beugen derer befestigt, kleine Papierfiguer-
chen, die sie fuer solche Notfaelle wie

dieser es war gebastelt hatte. Wenn man sie
ansah so musste man einfach lachen. Clement
streckte ihr seine Hand entgegen, nahm
seinen Becher.
Immer noch reagierte Phill nicht.

"Moechtest Du keinen Saft Phill?"

Er drehte sich um, nahm den Strohhalm und
steckte ihn in den Becher seines Bruders,
heftig zog er nun am Halm. Etwas glasige
Augen hatte er. Ein tiefes Atmen, ein sehr
tiefes war es. Sie musste ihm das noch mal
genau erklaeren. Sie nahm ein Bild aus ihrer
Tasche.

"Phill, ich erklaere Dir jetzt warum es
besser ist, wenn Du bei Papa im Auto
bleibst."

Er war nun mal ein Kind dem man alles genau
erklaeren musste, einfach so tat er nichts.
Fuer alles brauchte er eine Erklaerung, sein
Lieblingswort war nun mal
- warum -.

"Schau mal der Mann auf dem Bild zu dem
fahren wir heute. Da findet ein Fest statt,
wir wollen ihn ueberraschen.
Der Mann auf dem Bild hat dunkles Haar, wie
Clement und Mama. Er ist mit Mama verwandt,
dass es Dich und Papa gibt weiss er nicht.
Dein Auftritt kommt dann spaeter. Du faehrst
mit Papa dann durch das grosse Tor und wir
treffen uns vor dem Haus des Mannes auf dem

40

Bild."

Welch ein Aufatmen war es.

"Ach soo!"

Fred hatte den Becher mit dem Orangensaft in
der linken Hand. Wenn er niemals arrogant
geschaut hatte, dann war es in dem Moment
das erste mal. Seine rechte Hand hob er an
als wolle er dirigieren.

"Mein Sohn!"

"Wo ist Teffi?"

"Gernod hat sie schon mitgenommen."

Die Kinder blieben noch einen Moment im
Auto.

"Also Charlotte wie besprochen.
Du laeufst an der Hecke entlang dicht bei
der Mauer.
Clement wird Teffi hinterher laufen, wie er
es immer tut.
Gernod sitzt im Baum da vorne, siehst Du den
Baum?"

"Ja."

"Die anderen sind in den Bueschen entlang
der Mauer, die Knipsen was das Zeug
haelt. Teffi wird zu dem Knochen laufen, auf
dem Fensterabsatz an den Gittern hat Edd ihn

deponiert. Solltet ihr angesprochen werden.
Dann sagst Du einfach, Entschuldigung unser
Hund ist ausgebuechst. Charlotte!, achte
unbedingt darauf, dass Du Clement auf dem
Arm haelst wenn Amelie auf der Treppe am
Eingang steht. Er wird seine Herztropfen
verlangen. Dann geht ihr quer zur Mauer. Da
wo der Rododendronbusch steht, da steigt ihr
dann ueber die Mauer.
Wir warten dort auf euch."

Sie umarmten sich.

"Oh! Fred waere doch alles schon vorbei!"

"Ist doch ein riesen Spass! Was soll denn
schon sein."

"Und Teffi?"

"Edd wird sie anleinen, dann zu uns
bringen."

Gernod wartete am Eingang des Gartens mit
Teffi an der Leine.

"Also, los geht's!
Warte noch einen Moment, bis ich auf dem
Baum sitze."

"Oh heute mit Objektiv Gernod."

"Ha,Ha."

"Wenn ich Dich nicht haette Gernod!"

Teffi die deutsche Dogge lief los.
Nach 20 Minuten waren alle Bilder im Kasten.
Die Familie wohlbehalten im Auto zurueck.
Die Zufahrt fuhren die Autos, fuehrte am Internatsgebaeude vorbei.
Am Einfahrtstor stand ein Mann dem sie eine alte badische Uniform angezogen hatten.
Er kannte Fred, wank uns durch. Eine lange Schlange von Gratulanten hatte sich gebildet. Einige Schritte gingen die vier auf diese zu. Charlotte hatte Phill an der Hand. Sie beugte sich zu ihm hinunter.

"Sag mal Phill, wollen wir uns hier anstellen?"

"Nein! Ist so heiss hier."

Seine Hand strich durchs Haar.

In 4 Stunden waren sie zu Hause. Im Apartment in Paris, das eine Dachterrasse hatte, eine Stufe nach unten, dann stand man auf ihr. Der Fahrstuhl hatte ein Gitter, das Haus eine Consierge. Bewusst hatte sie dieses Haus ausgesucht dort sollte ihr zu Hause sein. In einem Paris wie Paris eben war. Fred und Teffi drehte noch eine Runde im Park. Im Park wo ihr erster Sohn starb, sie war schwanger und verlor das Kind, es war zwei Monate alt, Eltern vergessen niemals.
Fred hatte Paris gewaehlt der vielen Klagen wegen. Sie waren zwar deutsche Staatsbuerger aber europaeisches Recht sollte gesprochen werden. Deutsche Gerichte hatten ueber die Jahre zu viele Verfahrensfehler gemacht, undurchschaubar waren sie geworden.